# UN MONSIEUR

## QUI N'AIME PAS LES MONOLOGUES

MONOLOGUE

*DU MÊME AUTEUR*




IMPRIMERIE GÉNÉRALE DE CHATILLON-SUR-SEINE. — JEANNE ROBERT.

# GEORGES FEYDEAU

# UN MONSIEUR
## QUI N'AIME PAS LES MONOLOGUES

MONOLOGUE

DIT PAR

**COQUELIN CADET**, de la Comédie-Française

PARIS

**PAUL OLLENDORFF, ÉDITEUR**

28 *bis*, RUE DE RICHELIEU, 28 *bis*

1882

Tous droits réservés.

A

*COQUELIN CADET*

# UN MONSIEUR

## QUI N'AIME PAS LES MONOLOGUES

Non! je m'en vais! cela m'agace! Il y a là, à côté, ce grand blond, vous savez, ce grand blond qui dit des monologues... Eh bien! il en dit un en ce moment!...

Des monologues! a-t-on idée de cela! Si j'étais la préfecture de police, je les défendrais! C'est faux! archifaux! Un homme raisonnable ne parle pas tout seul; il pense et alors il ne parle pas! C'est ce qui le distingue des fous qui parlent et qui ne pensent pas.

Admettre le monologue, c'est rabaisser l'humanité! On devrait le défendre! cela me rend malade!

Moi, je n'admets le monologue... qu'à plusieurs ; parce qu'alors ce n'est plus un monologue! Ce sont des gens qui se parlent! et nous, qui les écoutons, dans la salle, nous sommes comme des indiscrets ; mais ils ne s'occupent pas de nous. Tandis que celui qui vient nous débiter un monologue... de quel droit? Qui est-ce qui lui demande quelque chose? Enfin, c'est comme si je venais vous en dire un, moi! Hein! qu'est-ce que vous diriez? c'est faux, archi-faux, n'est-ce pas? Eh bien! nous sommes du même avis.

Ah! quand on a une excuse, bon, je comprends : c'est autre chose! Ainsi, moi, tenez, j'ai un concierge... c'est très curieux... pas d'avoir un concierge, c'est une infirmité!... Non, c'est qu'il parle toujours tout seul. Mais lui, cela ne m'agace pas, parce qu'il a une excuse : il est sourd! Il parle, c'est une façon de s'entendre penser.

Mais, tenez, pour vous prouver que je ne suis pas de
parti pris : la chanson, la romance, je comprends très
bien ! parce qu'il y a la musique : c'est faux, archi-
faux, mais il y a la musique. Voilà l'excuse. C'est une
façon de vous dire : « Vous savez, n'en croyez pas un
mot ! » Tandis que le monologue, on dirait toujours
que c'est arrivé. Ainsi, dans les tragédies de Corneille,
c'en est rempli ; chaque fois qu'il y en a un, je quitte
la salle ; ça m'agace ! et je ne rentre que lorsqu'un se-
cond personnage rentre aussi. C'est pour cela que vous
me voyez toujours aux strapontins ; c'est plus commode
pour sortir ! Malheureusement, on les a supprimés.
Enfin je vous demande un peu, quoi de plus ridicule
qu'un homme qui a bien autre chose à faire que de
bavarder tout seul, et qui se met à déclamer par
exemple :

Déclamant.

O rage ! ô désespoir ! ô vieillesse ennemie !
N'ai-je donc tant vécu que pour cette infamie !...

C'est idiot !... encore s'il y avait de la musique !

Il chante sur l'air de *Tout à la joie* de Fahrbach.

O rage! ô désespoir! ô vieillesse ennemie !
Ah! ah ! ah!
N'ai-je donc tant vécu, que pour cette infamie!
Ah! ah! ah !

Eh bien! ce serait tolérable : il y aurait une excuse! mais sans cela il n'y en a pas.

L'autre jour, j'étais en chemin de fer; dans le même compartiment, il y avait un monsieur. Nous n'étions que deux... lui et moi! C'était un Anglais... ou, du moins, il en avait l'accent... quand il parlait... mais il ne parlait pas. Tout à coup, entre deux stations, il se met à remuer, à se tortiller, avec un flegme britannique; puis, soudain, il desserre les dents... des dents britanniques, comme le flegme; et je l'entends murmurer : « Oh! yes, yes, water-closet! oh! là! » J'ai compris que c'était de l'anglais. Un monologue en anglais, passe

encore ; je ne pouvais pas lui en vouloir, au moins celui-là, il avait ses raisons !

L'autre jour, j'étais à l'exposition : il y avait des dames, beaucoup de dames ; j'en avais une devant moi...
elle était très bien ! elle parlait toute seule et j'enten-
dais tout ce qu'elle disait : «A h ! je suis bien fatiguée !...
si je prenais une voiture... j'irais dîner avec plaisir au
restaurant... un bon buisson d'écrevisses, du champa-
gne, oh ! ce serait bon !... » Et ainsi de suite ; c'était
un monologue ! mais là, soit, il y avait une excuse ; je
ne pouvais pas lui en vouloir ;... je ne lui en ai même
pas voulu du tout... Enfin c'est un monologue qui
m'a coûté très cher... Passons !

Tenez ! ma femme !... elle est bien bonne !... pas ma
femme, l'aventure. Elle était dans sa chambre, un soir,
étendue sur son divan. Je rentre doucement ; elle parlait toute seule, elle disait des bêtises : « Auguste !...
viens !... n'aie pas peur, l'autre est sorti ! tu n'as rien
à craindre... » Auguste ! je vous demande un peu ! Et je

m'appelle Ernest. Elle faisait du monologue ! mais je n'ai pas pu lui en vouloir : c'était inconscient... elle dormait !

Enfin, celui-là, je le comprends, mais les autres... c'est faux, archi-faux. Ah ! si jamais je venais comme cela, à propos de rien, vous raconter mes petites affaires, je voudrais que chacun de vous se levât et me criât : « Allez-vous en ! allez-vous en ! » Et tenez, c'est une idée, si le grand blond n'a pas encore fini son monologue, je vais rentrer dans la salle et je lui crierai : « Allez-vous en ! allez-vous en ! allez-vous en ! »

Il sort en courant.

FIN

# A LA MÊME LIBRAIRIE

Imprimerie générale de Chatillon-sur-Seine. — J. Robert.